CAFÉHÄUSER

CAFÉHÄUSER

FOTOGRAFIERT VON MANFRED HAMM

TEXTE VON

JOSÉ MARIA CARANDELL

ELENA CROCE

MANÈS SPERBER

FRIEDRICH TORBERG

HERAUSGEGEBEN VON

JÜRGEN BOETTCHER

NICOLAISCHE VERLAGSBUCHHANDLUNG BERLIN

LAYOUT: DIETER WINZENS

CIP-Kurztitelaufnahme der Deutschen Bibliothek

Caféhäuser
Fotografiert von Manfred Hamm
Hrsg. von Jürgen Boettcher
Manès Sperber ... – Berlin: Nicolai, 1979
ISBN 3-87584-076-3
NE: Hamm, Manfred [Mitarb.]; Boettcher, Jürgen [Hrsg.]

Umschlagbild: Café de Chartres, Paris

Bildkommentare: Seite 129 ff.

Der Beitrag von Elena Croce
wurde aus dem Italienischen von Angelica Vallese
und der Beitrag von José M. Carandell
aus dem Spanischen von Michael Forster übertragen

Satz: Fotosatz Udo Richter, Berlin
Schrift: Rockwell mager,
gesetzt auf der »diatronic s« der H. Berthold AG, Berlin
Offsetlithos: EKG Reproduktionstechnik GmbH, Stuttgart
Gedruckt auf Patricia 135 g/qm der igepa
Druck: Passavia, Passau
Einband: Georg Gebhardt, Ansbach
Printed in Germany
ISBN 3-87584-076-3

Manès Sperber INTIME ÖFFENTLICHKEIT

Das einzige Caféhaus unserer Gasse – das erste, das ich je betreten habe – wechselte dreimal am Tage seine Kundschaft. Am Vormittag fanden sich vorübergehend glückliche Lottospieler ein, nachdem sie in der Trafik nebenan ihren zumeist bescheidenen Gewinn abgeholt hatten. Diese mittellosen Männer und Frauen jeden Alters bestellten einen Weißen mit Schlag und manchmal zum Abschied sogar ein Stamperl Branntwein. Sooft ich von der Schule kam, sah ich sie in den Fensternischen sitzen; im Winter blieben sie länger da, weil das Lokal einigermaßen geheizt war. Der Krieg, es war der Erste Weltkrieg, ging sehr langsam zu Ende, es fehlte an allem, auch an Brennstoff. Sie alle froren in ihren Wohnungen.

Am Nachmittag stellten sich zumeist pensionierte kleine Beamte ein; sie blieben häufig bis zum Abend. Sie waren Stammgäste, denen der bejahrte Kellner zugleich mit einer Nußschale Gold oder einem Gespritzten alle verfügbaren Zeitungen brachte und nachher Karten für die Patience und dazwischen immer wieder frisches Wasser. Nach dem Nachtmahl kamen die Billardspieler, die gewöhnlich bis zur Sperrstunde blieben. Ihre Zahl nahm aber ständig ab – auch die ältesten wurden einberufen, gingen an die Front und tauchten nur während ihrer kurzen Urlaube wieder auf oder nach einer schweren Verwundung.

In den ersten Nachkriegsjahren wurde alles immer schäbiger; die bettelarmen Lottospieler spielten nicht mehr, sie hatten nichts mehr zu verlieren. Unser Caféhaus verschwand, einige Kriegswitwen richteten sich da ein, sie flickten Kleider und Wäsche für Witwer und kinderreiche Familien.

Etwas später, in den Inflationsjahren, verschwanden in Wien auch größere, gut gelegene Cafés. In ihren Räumen installierten sich Banken, die nach wenigen Jahren bankrott waren. Und die Cafés nahmen wieder ihren angestammten Platz ein. Den Passanten leuchtete fortab wieder weiß das elektrische Licht, das durch die großen Fenster auf die Straßen fiel.

In der Topographie Wiens hatten nun selbst für mich Halbwüchsigen nicht nur Buchhandlungen, Antiquariate und Lesesäle ihren Platz, sondern auch mehrere Cafés, in denen ich nach einigem Schwanken Stammgast wurde. Dem Auge des Touristen mochten sie verwechselbar ähnlich scheinen, für mich aber unterschieden sie sich nicht nur durch ihre Lage im Stadtbilde oder durch die soziale Zusammensetzung ihrer Stammkundschaft, sondern besonders durch die Umstände, die mich jeweils bestimmten, mich in dem einen, dem anderen oder dem dritten zu zeigen.

Im kleinsten meiner Stammlokale traf ich gewöhnlich am späten Nachmittag Leute, die mir nicht nahestanden – da handelte es sich um Besprechungen, die selten länger als eine Stunde dauerten. Hatte ich Zeit, blieb ich noch eine Weile, um die Abendzeitungen zu lesen. Der Kontakt mit den Kellnern blieb distanziert, ebenso mit dem Cafetier, dem „Grüßer", der jede halbe Stunde würdig von Tisch zu Tisch schritt, um die Gäste mit einem Kopfnicken oder einer zeremoniösen Verbeugung zu begrüßen. Den zerstrittenen Liebespaaren, die einander nichts mehr zu sagen wußten, bot das betont diskrete Auftauchen des „Grüßers" eine willkommene, wenn auch zu kurze Unterbrechung ihres wortlos gewordenen Zwistes. In diesem eher kleinbürgerlichen Café blieb mein Status schwankend – ich war weit mehr als ein Passant, jedoch weniger als ein Stammgast.

Im Siller aber, dem großen bürgerlichen Café mit der wohlbekannten breiten Terrasse auf dem Platze gegenüber der Schwedenbrücke, lächelte mir der „Grüßer", ein feierlich und elegant gekleideter Herr, gerade noch im besten Alter, sehr freundlich zu. Er wußte, daß ich der Jünger des Herrn Doktor war, das heißt Alfred Adlers, des Begründers der Individualpsychologie, dessen Freunde, Anhänger und Schüler sich hier jeden Abend einstellten. Auch ich kam zwar jeden Abend, blieb aber nicht lange. Spätestens um halb zehn stellte ich mich im Herrenhof ein. Dort war ich, ein „herrenhöfischer Absolutist", zuhause.

Zu diesem großräumig angelegten, eleganten Lokal zog es die zahlreichen intellektuellen Stammgäste jeden Abend, vor oder nach dem Theater, als ob sie dort nicht nur von ihren Freunden und liebsten Feinden, sondern auch von einem Glück erwartet würden, von dem sie indes noch gar keine Vorstellung hatten. Sie beschleunigten unmerklich den Schritt, wenn sie sich dem Herrenhof näherten, in jener nur halbbewußten, fast ungestehbaren Hoffnung, mit der man dem klingelnden Telefon zueilt.

Der typische Stammgast eines typischen Caféhauses sucht nicht nur den stabilisierenden Alltag im Café, sondern gleichzeitig neue Begegnungen, auch wenn er gar nicht ahnt, was er von ihnen erhoffen soll. Jedenfalls findet er da die Öffentlichkeit eines für jeden offenen Lokals und zugleich die Exklusivität eines engeren Freundeskreises und immer wieder auch die einer zögernd erwachenden Liebe. So ereignet sich da allnächtlich das paradoxe Wunder der exquisiten intimen Öffentlichkeit.

Sooft ich während meiner Berliner Jahre nach Wien kam, fand ich mich natürlich jeden Abend im Herrenhof ein. Der Kellner brachte mir auch unaufgefordert meinen „Türkischen passiert" und schichtete vor mir die Zeitungen in der Reihenfolge auf, in der ich sie gewöhnlich las. Der Oberkellner brachte mir die Briefe, die monatelang auf mich gewartet hatten. Zwar wußte ich damals, daß große Ereignisse nahten, die die Welt verändern konnten, aber ich habe nie die Möglichkeit in Betracht gezogen, daß das Café Herrenhof je verschwinden könnte. Es ist verschwunden; wenn ich durch die Herrengasse gehe, wende ich den Blick vom Hause ab, in welchem ich und so viele meiner Freunde einmal stets willkommene Gäste gewesen sind.

Die unübertreffliche Bedeutung der Caféhäuser für das Leben der Wiener Intellektuellen beruhte nicht zuletzt auf sozialen und ökonomischen Voraussetzungen: Die meisten der Besucher strömten aus den einander sehr unähnlichen Provinzen der Doppelmonarchie mit der maßlosen Hoffnung herbei, in der kaiserlichen Hauptstadt schnell Erfolge, vielleicht sogar Ruhm und Reichtum zu erringen. Sie verfügten gewöhnlich über ganz geringe Mittel, mußten aber von Anbeginn so auftreten, als ob sie bereits arriviert wären. Zum „Auftreten" gehörte eine Garderobe, die diese jungen Leute sich nicht wirklich leisten konnten, aber sich auch keineswegs völlig versagen durften. (In

den Witzblättern jener Zeit ist immer die spöttische Rede von unbezahlten Schneiderrechnungen.) Konnten sie somit nicht an der hochstaplerischen Kleidung sparen, so mußten sie sich mit billigen, oft schäbigen Unterkünften und mit Mahlzeiten in den bescheidensten Wirtshäusern abfinden. Außer ihren nächsten Freunden konnten sie niemand in ihre Wohnung oder zu Mahlzeiten in Restaurants einladen. Daher bot das Caféhaus die einzige, ja die ideale Lösung, denn jedes, auch das bescheidenste, war unvergleichlich eleganter als die Logis der Stammgäste. Das galt für das Café meiner Gasse, es galt für die besseren Lokale, die mit ihrer Ausstattung den Anschein von Überfluß und Luxus erwecken konnten. Das Café Herrenhof zum Beispiel wurde zwar auch von materiell sehr gut gestellten Intellektuellen und deren wohlhabenden Freunden besucht, aber für die überwiegende Mehrheit seiner Stammgäste war es der einzige Ort, an dem sie sich so gehaben konnten, als wäre der Luxus der ihre. Überdies wurden sie hier stets mit einer Gefälligkeit, einer betonten Dienstfertigkeit behandelt, als ob die Piccolos, die Kellner und Oberkellner, die Markköre und Maîtres d'Hôtel und selbst die distinguierten „Grüßer" sehnlichst wünschten, jeden von ihnen ganz besonders zu verwöhnen.
Solche Caféhäuser gab es in ganz Mittel- und Westeuropa. In Paris zum Beispiel strömte ihnen eine Kundschaft aus aller Welt zu. Auf den großen Boulevards der Innenstadt, so dem „des Italiens" und „du Montmartre", oder auf dem Platz gegenüber der Comédie Française und dem Palais Royal befanden sich Cafés, die z.B. Camille Desmoulins, Diderot oder der junge Bonaparte besuchten. Auf dem linken Ufer, zwischen der Seine und der Kirche Saint-Germain, findet man noch heute Lokale, deren Stammgäste die bedeutendsten Journalisten, Politiker und Dichter des 19. Jahrhunderts gewesen sind. Im zwanzigsten gesellte sich zu ihnen ein internationales Publikum. Die Maler ihrerseits waren vor dem Ersten Weltkrieg auf dem Montmartre zuhause und nachher auf dem Montparnasse und im Quartier Latin.
Den Caféhaustyp, von dem hier die Rede ist, fand man so gut in Wien wie in Paris, in Venedig wie in Berlin, in Rom und in Zürich und in vielen anderen Großstädten. In diesen Caféhäusern fühlte man sich zuhause, hier empfing man seine Freunde wie im eigenen Salon, wie in einem Klub oder einem exklusiven Cercle. Die ganz ausgezeichneten Fotos dieses Bandes zeigen prunkvolle Säle und diskrete Kabinette, in denen sich das Publike und das Private aufs glücklichste, nämlich je nach Wunsch und Opportunität, verbinden.
Desgleichen gibt es auch heute noch, aber seltener. Schriftsteller, Maler und Musiker kennen nicht mehr die Budenangst, die sie aus ihren ärmlichen Logis ins Caféhaus trieb; sie empfangen in ihren komfortablen Wohnungen. Daher sind die Stammgäste heute in der Mehrheit Zugereiste, die Monate oder gar Jahre in der fremden Stadt weilen, da heimisch werden und dennoch Fremde bleiben. Die Geschichte der Exilierten ist deshalb zu einem guten Teil eine Geschichte der Caféhäuser, die denen zur Heimat werden, die keine mehr haben.

Elena Croce ITALIENISCHE KÜNSTLERCAFÉS

Wer einen Rundgang durch die italienischen Cafés machen möchte, die als internationale Treffpunkte von Künstlern und Schriftstellern in die Geschichte eingegangen sind, der beginnt zwangsläufig auf dem Markusplatz in Venedig mit dem ältesten und glänzendsten Beispiel, dem Café Florian. Aber sogleich ist er in Verlegenheit, denn es ist so gut wie unmöglich, die Atmosphäre eines Cafés zu beschreiben, das in den 250 Jahren seines Bestehens (es wurde 1720 eröffnet) nahezu alle Künstler und Schriftsteller der Welt an seinen Tischchen hat sitzen sehen; zu dessen Besuchern Goldoni und Rousseau, Canova und Byron zählten und das von Balzac als eine undefinierbare Institution beschrieben worden ist, in der sich die Funktionen eines Klubs mit denen einer Börse, die eines Theaterfoyers mit denen eines Lesekabinetts vereinigten.

Tatsächlich übernahm das Café Florian in der zweiten Hälfte des 18. Jahrhunderts auch eine ausgesprochen journalistische Aufgabe, denn es war der Sammelplatz für Nachrichten der „Gazzetta", deren Vertrieb es auch besorgte. Im Jahre 1848 soll es sogar Schauplatz blutiger revolutionärer Ereignisse gewesen sein. Doch im Laufe des neunzehnten Jahrhunderts wurde Venedig, trotz des glanzvollen mondänen Lebensstils der Epoche und trotz der Anwesenheit illustrer Persönlichkeiten wie Richard Wagner, allmählich das, was es übrigens schon für Goethe gewesen war – ein Ort für imaginäre Erlebnisse und Einsamkeitserfahrungen. Dies dokumentiert ein Kapitel aus „Erlebtes und Gedachtes", in dem der im Exil lebende Alexander Herzen ein Gefühl des Trostes, ja der Glückseligkeit beim Anblick Venedigs zum Ausdruck bringt – der äußerste Gegensatz zur Stimmung in Thomas Manns „Tod in Venedig".

Im übrigen war das Café Florian im neunzehnten Jahrhundert nicht ohne Rivalen geblieben: Ein Giorgio aus Korfu hatte auf der gegenüberliegenden Seite des Platzes das Café Quadri eröffnet, das viele Intellektuelle vorzogen, weil es intimer war.

Es ist jedoch nicht nur das Bild des letzten Glanzes der ‚belle époque' des Florian, das unsere Phantasie anzieht. Worüber man sich heute vor allem Gedanken macht, ist seine Zukunft als museales Café. So jedenfalls stellte sie sich der letzte Erbe des Florian, Herr Francesconi, vor, der es der Stadt Venedig überließ. Um jedoch einen Blick in seine Zukunft zu werfen, muß man zunächst in Gedanken die Monate der Hochsaison auslöschen, jene lange Zeit des Jahres, in welcher der Venezianer es bei dem Gang über den Markusplatz überhaupt vermeidet, den großen anonymen Haufen von Touristen auch nur mit einem Blick zu streifen (die im Vergleich zu diesen Massentouristen selbständigeren Besucher gehen ohnehin in die nahe gelegene Harry's Bar). Wenn aber die Monate des Spätherbstes da sind, dann verwandelt sich das Café Florian. Wenn die Tischchen draußen weggeräumt sind und der Betrieb sich ganz in die angenehmen kleinen Räume zurückgezogen hat, die im neunzehnten Jahrhundert zwar umdekoriert wurden, aber noch die schönen Proportionen des achtzehnten Jahrhunderts aufweisen, dann bietet es Venezianern und Besuchern eine äußerst gesammelte Intimität. Dann kann man dort auch noch Alberto Moravia als ein Beispiel jenes von Hermann Kesten be-

schriebenen Typus des Dichters im Café antreffen.
Noch immer auf venezianischem Boden, in östlicher Richtung, in Triest, ist festzuhalten, daß das bedeutendste triestiner literarische Gespräch des zwanzigsten Jahrhunderts sich weder im Café Unità noch im älteren Tommaseo abgespielt hat: Joyce hat Svevo in dessen Haus aufgesucht.
Wenn man sich in die entgegengesetzte Richtung, nach Westen, wendet, dann stößt man in Padua, diesem wahrhaft historischen Zentrum städtischen Lebens, auf das Café Pedrocchi, an das sich Stendhal im Vorwort seiner „Kartause von Parma" erinnert und das heute einer Restaurierung harrt, die die majestätische neoklassizistische Physiognomie wiederherstellen soll. In Mailand, wo es eine berühmte aufklärerische Zeitschrift mit dem Titel „Il Caffé" gab, hat von den zahlreichen vielbesuchten Cafés von einst nur das Biffi-Scala überlebt.
Von Künstlern und Schriftstellern aller Nationalitäten besuchte Cafés finden wir auch an der Riviera – in Santa Margherita – und in Pisa, während das ausgesprochen internationale Leben in Florenz sich in den Häusern und den Villen auf den Hügeln abgespielt hat. Aber wir wollen uns lieber der Führung von Hermann Kesten überlassen, der auf diesem Gebiet Meister war, und unsere Aufmerksamkeit auf Rom lenken, aber dabei nicht vergessen, das glanzvolle neapolitanische Café des ausgehenden neunzehnten Jahrhunderts zu erwähnen, das Gambrinus, wo sich vor allem Künstler und Musiker, ja man kann sagen, alle ausländischen Besucher einfanden. Dort residierte ein großer Künstler, Salvatore di Giacomo, dessen bezaubernde Gedichte in neapolitanischem Dialekt von dem berühmten Romanisten Karl Vossler übersetzt und interpretiert worden sind. Während des Faschismus wollte man diesen Brennpunkt einer zu lebhaften Diskussion ersticken, indem man das Café an eine Bank verkaufte, die nun die herrlichen, mit Fresken geschmückten Räume übernahm. Davon ist nun nichts lebendig geblieben als der Name und ein Ort, der noch den Nostalgikern teuer ist.
Wenn Kesten seine „Dichter im Café" Revue passieren läßt, geht er von seiner persönlichen Erfahrung als ein Schriftsteller aus, dessen weltbürgerliche Einstellung die Prüfung der Emigration bestanden hat. Mit der Neigung, die Fähigkeit zur Konzentration gerade im Kontakt mit dem ständigen Kommen und Gehen und dem Lärm der Straße besonders intensiv für sich zu nutzen, wird er in New York und in jeder Stadt Europas ein Café ausfindig machen, wo er schreiben und Freunde treffen kann, die, wie er, zu der großen Intellektuellenfamilie der antifaschistischen Emigration gehören. In Rom, wo er seit Ende der fünfziger Jahre über lange Zeiträume ständig gelebt hat, folgt sein Weg durch die Cafés einer abfallenden Kurve, deren Verlauf von der Entmenschlichung der verschiedenen Stadtviertel durch den ungeheuren Verkehr bestimmt ist. Aus dieser Reihe kann man die via Veneto getrost streichen, wo zu der Zeit, als Kesten sein Buch schrieb, das Café Rosati, das heute verschwunden ist, von einem großen Kreis von Schriftstellern, Journalisten, römischen Politikern und von einem internationalen Publikum besucht wurde. Das historische Café Aragno, ein Treffpunkt von Parlamenta-

riern und Künstlern, hat dagegen erst kürzlich wieder seinen alten Namen angenommen, nachdem dieser jahrelang von den Initialen des führenden Mailänder Panettoniherstellers Alemagna verdeckt war.
Die einzigen Cafés, die in Rom ihre Physiognomie und Funktion zu bewahren vermochten, waren jene, die seit dem Ende des 18. Jahrhunderts die kosmopolitische Künstlerkolonie aufgenommen hatten. Das alte Rosati an der Piazza del Popolo hat, obwohl kaum gegen den Verkehr geschützt, seine vor allem sommerlichen Stammgäste lange halten können, zu deren treuesten beispielsweise Sartre und Simone de Beauvoir gehörten. Außer im Rosati, saß Kesten oft im gegenüberliegenden Café Canova, das zwar neu ist und keine besondere Ausstrahlung hat, doch über ruhige Innenräume verfügt. Hier trafen sich Hermann und Toni Kesten häufig mit durchreisenden Freunden – wir erinnern uns beispielsweise an Robert Neumann –, während in dem kleinen Raum nebenan sich ein Freundeskreis um die geniale Schriftstellerin Maria Zambrano, eine spanische Emigrantin, scharte. Was jedoch Physiognomie und Atmosphäre angeht, so kann man nur ein einziges römisches Café nennen, das sie in ihrer traditionellen Form bewahrt hat, das Café Greco.
Auch das Greco ist ein museales Café, denn es gehört der Stadt Rom, und man geht einfach gerne dorthin, weil es das schönste und sympathischste der römischen Cafés geblieben ist und weil man dort noch immer das Vergnügen hat, nicht nur anonyme Gesichter zu sehen. Es hat noch immer eine Reihe von Stammgästen, die dort verkehren, weil sie ein schwieriges Verhältnis zum Nächsten haben, gleichzeitig aber ein physisches Bedürfnis nach menschlicher Wärme empfinden. Ich erinnere mich, dort jahrelang einen Maler und Schriftsteller, einen spanischen Emigranten, gesehen zu haben, der allein und unbewegt dort saß, in seine Betrachtungen versunken. Doch so groß die Vorzüge sein mögen, die das Greco noch heute als Café hat, so liegt seine Faszination doch in seiner Geschichte oder besser vielleicht in der Geschichte, deren Zeuge es gewesen ist, nämlich der „Reise nach Rom".
Die Reise nach Rom – es ist eigentlich überflüssig, das zu sagen – ist etwas völlig Eigenständiges im Rahmen der „Italienischen Reise". Es genügt, sie mit der in andere italienische Städte, die Ziele für Reisende aus aller Welt sind, zu vergleichen, und selbst mit der nach Venedig. Nach Venedig zu kommen, das hieß vor allem, eines der sieben Weltwunder zu sehen, während die Reise nach Rom – wir haben es so oft gehört, daß wir es fast schon vergessen haben – die Initiation in die Welt der klassischen Antike und in das Nachdenken über ihren Untergang bedeutete: Es war die Reise, von der ein Intellektueller sich die Probe auf die eigene Reife erwartete. Zwischen dem rührenden Bild eines Luther, der mit einem kleinen Reiseführer herumirrte, den er sich in dem Kloster, in dem er wohnte, ausgeliehen hatte, und der Poesie des einzigartigen polnischen Frühsymbolisten Cyprian Kasimir Norwid liegt nicht nur das Buch, das man auswendig kennt und das doch immer rätselhaft bleibt, die „Italienische Reise" von Goethe. Zu nennen wäre da nicht nur die durchsichtige und doch geheimnisvolle Erscheinung Stendhals. Es gibt

in Europa wohl keine anderen Räume, wie die des Café Greco, wo so viele Intellektuelle hindurchgegangen sind, wenn man dies so abstrakt sagen darf, da es sich doch vor allem um Künstler handelte, die unter dem Eindruck ihrer ganz persönlichen Reifekrise standen.

Offiziell trat das Café Greco um 1760 in die Geschichte ein, doch es ist wohl viel älter, und die Liste seiner berühmten Besucher dürfte mit Giacomo Casanova beginnen, der sicher auch für den nicht literarisch interessierten Touristen eine erregende Erscheinung ist. Doch von der zweiten Hälfte des 18. Jahrhunderts an bis heute, so kann man sagen, trifft man dort fast „alle" – das heißt von Goldoni bis Shelley, von einem zukünftigen Papst bis zu einem zukünftigen bayrischen König, von Corot zu Henry James, Leopardi, Mickiewicz, Thorwaldsen, Schopenhauer, Gogol, Baudelaire und endlich Wagner, D'Annunzio, Toscanini und überhaupt alle Schriftsteller, die damals durch Rom kamen. Was das Greco jedoch anziehend macht, ist nicht nur sein glanzvolles Gästebuch und die Atmosphäre des alten Kosmopolitismus, die es bewahrt hat und die heute durch eine fade Internationalität ersetzt wird. Eines seiner eindrucksvollen Merkmale ist, daß es einmal die Funktion einer Art Postamt erfüllte: Dorthin gingen die Schriftsteller und Künstler, die meist aus dem Norden, vor allem aus Deutschland, stammten, und holten dort Nachrichten und Neuigkeiten von zuhause ab oder erkundigten sich nach der Adresse von Freunden, die in Rom lebten.

Als Bild einer Lebensweise und gesellschaftlicher Umgangsformen, die sich von den gegenwärtigen mechanischen „Beziehungen" zutiefst unterscheiden, ist das Café Greco für uns auch ein Sammelbecken von Erinnerungen an das Rom des romantischen und kosmopolitischen 19. Jahrhunderts, als die Stadt ein Zentrum der europäischen Emigration war. In dieses Rom strömte eine große Zahl berühmter Geächteter, oft adliger Herkunft, und ließ sich dort zum Teil nieder, bedeutende polnische Romantiker, französische Legitimisten, die schöne Prinzessin Zenaide Wolkonskij, die wegen ihrer liberalen Ideen vertrieben worden war, die Familie Bonaparte und die Bonapartisten und schließlich ein Mann wie Manuel Godoy, der antiliberale Minister und Günstling der Königin von Spanien.

Obwohl es von vielen Literaten besucht wurde, sollte das Greco seinen ursprünglichen Charakter eines Cafés des Malerviertels nie einbüßen. Alle Maler verkehrten dort, ohne Ausnahme. Im Rom des 19. Jahrhunderts, als seine Bevölkerungszahl auf weniger als hunderttausend Einwohner zurückgegangen war, gewann das gesellschaftliche Leben seinen Hauptreiz durch das bunte internationale Publikum, und dabei stach die deutsche Kolonie besonders hervor – die neoklassizistischen Maler, dann die Frühromantiker und dann allmählich die Nazarener. Nicht unberechtigt war deshalb der Vorschlag von Wilhelm Heinse, das Greco in „Caffé Tedesco" (Deutsches Café) umzutaufen. Dies bestätigt, eine Generation nach Heinse, ein bezauberndes Album mit Porträts der ganzen Gruppe der Nazarener, angefangen mit dem schönen und romantisch aussehenden Philipp Veit, dem jüngsten Sohn von Dorothea Mendelssohn und Stiefsohn Friedrich Schlegels. Wirklich geheimnisvoll und faszinierend ist die tragische Gestalt des Künstlers, der dieses Album gezeichnet hat: Karl Philipp Fohr, dessen wenige Werke den Zauber der Romantik noch mit einem Hauch neoklassizistischer Kühle verbinden, sollte in die Geschichte als der „Maler des Café Greco" eingehen. Er war 23 Jahre alt, als er auf einmal am Tisch der Nazarener stand, in Begleitung eines großen Hundes, an den Stiefeln noch den Staub vom langen Fußmarsch. Er soll beim Baden im Tiber ertrunken sein – einer seiner Malerfreunde hatte sich vergebens in die Fluten gestürzt, um ihn zu retten.

So wie Karl Philipp Fohr, der erst kürzlich wieder entdeckt worden ist und der in dem Album der Glanzzeit des Café Greco nicht vorkommt, mag es manchen anderen geben, dessen Schicksal uns bei genaueren Nachforschungen einen Schlüssel zu dem, trotz allem romantischen, Herzen Roms geben könnte, zu einem Rom, das durch die ästhetizistische Extrovertiertheit, wie sie von D'Annunzio als Stil der neuen Hauptstadt propagiert wurde, fast vergessen worden wäre, auf dessen Bild wir aber heute instinktiv Bezug nehmen, wenn wir einen Maßstab suchen. Wir finden ihn in dem vertrauten Bild Roms im 19. Jahrhundert, wie Stendhal es beschrieben hat – in einem Zwischenreich einer bescheidenen Menschlichkeit, die uns zwischen dem dekadenten Glanz der Antike und der aufziehenden Anonymität von heute Atem holen läßt.

José Maria Carandell DIE ALTEN SPANISCHEN CAFÉS

Das Leben aller spanischen Cafés ist ähnlich verlaufen: Sie entstanden im 19. oder im 20. Jahrhundert, ersetzten die alten Tavernen und Bodegas und erreichten in den zwanziger und dreißiger Jahren unseres Jahrhunderts ihre Glanzzeit. Nach dem Bürgerkrieg wurden sie, eins nach dem anderen, geschlossen, und einige wurden in moderne Bars und Cafeterias umgewandelt, andere in Niederlassungen von Bankhäusern. Heute gibt es nur noch einige wenige im ganzen Land. Selbst Madrid und Barcelona, die Städte, die einmal die meisten Cafés besaßen, haben jetzt nur noch fünf oder sechs, echte Reliquien einer vergangenen Epoche.

Aber wie waren diese Cafés? Es waren große Räume, mit Sitzbänken an einigen Wänden, mit rotem, grünem oder blauem Samt bezogen; durch gewölbte Spiegel wurde der Eindruck der Weitläufigkeit verstärkt, so als ob die Cafés die Tradition der griechischen Agora fortsetzen sollten, wo sich alle Welt versammelte; ein langer Tresen für die Bedienung und Marmortische; Bugholzstühle und manchmal noch ein oder zwei Nebenräume mit einem Billardtisch, um zu spielen und sich in einem intimeren Kreis zu treffen. Das Café war das Lebenszentrum des Stadtviertels und auf dem Lande der Mittelpunkt des Dorfes. Ein Schriftsteller hat das Café einmal „eine Erweiterung des eigenen Hauses" genannt, ein anderer „ein Stück Geschichte", ein dritter „einen Ort zwischen Privatleben und Öffentlichkeit". Und in der Tat, die Männer – nur die Männer – fühlten sich dort wie zuhause, und obgleich sie dort über Gott und die Welt sprachen, waren ihre Worte nicht so gravitätisch wie bei den Versammlungen im Rathaus, in der Kirche, in der Gewerkschaft oder im Parlament. Parlamente des Alltags, so könnte man die Cafés nennen.

Am Ende des Bürgerkrieges hörten die Männer auf, ins Café zu gehen. Das Wesentliche an ihnen war unterdrückt: die Freiheit des Wortes, und ich erinnere mich, daß viele sich darüber beklagten. Andere, die weniger die Gabe hatten zu reden, aber dafür fähig waren, das Schweigen hinzunehmen, um überleben zu können, trafen sich weiter im Café und spielten Domino.

Die Bars und Cafeterias, die die alten Cafés verdrängten, beruhten auf einem Gedanken, der dem des Cafés diametral entgegengesetzt war. Sie waren Stätten des Konsums, wo man rasch etwas trank und wieder ging; die Barhocker waren festgeschraubt, und es gab nur Tische mit jeweils zwei oder vier Stühlen, die ebenfalls fest verankert waren. Sie trugen also das Gepräge unserer Zeit – Konsum ohne Genuß, Hast und Ungeselligkeit. Es ist deshalb nicht verwunderlich, daß in den letzten Jahren neue Cafés entstanden, die den alten wieder ähnlicher sind und in denen es möglich ist, die Stühle zu verrücken, um den Kreis zu einer Versammlung zu erweitern, wo Vertraulichkeit zwischen Unbekannten dadurch gefördert wird, daß das Mobiliar und die Räume zwanglos angeordnet sind, und wo man lange Zeit verweilen kann, ohne daß der Kellner einem einen strengen Blick zuwirft.

Eine Brücke zwischen den Cafés von einst und den neuen von heute bilden jene wenigen Cafés, die die Enteignungswut und den Ansturm der Bars und Cafeterias überstanden haben und wo ein Publikum verkehrt, das durch die moderne Hast nicht verführbar ist, ein Publikum von Künstlern, die sich schon immer dagegen gewehrt haben, ein Leben zu führen wie Maschinen, sowie Menschen aus dem Volk, die den Geschmack an der Ruhe, dem Gespräch und angenehmer Gesellschaft noch nicht verloren haben.

Gute Beispiele dafür sind das Viena, das Gijón, das Comercial in Madrid, und das Zurich, das Café de la Opera oder das Velódrom in Barcelona. Das bekannteste der Madrider Cafés ist das Gijón, das am prächtigen Paseo de Recoletos liegt und 1916 gegründet worden ist. Erst mit dem Bürgerkrieg jedoch, als die anderen Cafés dahinsiechten, erlangte es seine heutige Berühmtheit, sicherlich deshalb, weil die Künstler es zu ihrem Treffpunkt gemacht hatten. Ausgestattet hat es der Architekt Carlos Arniches, wobei er den guten Geschmack der frühen Jahre erhalten hat. Dort hielt eine Gruppe von francotreuen Dichtern (sie waren trotzdem Dichter) ihren Stammtisch, wie Rosales oder Garcia Nieto, und schon in den fünfziger Jahren bevölkerte sich das Gijón mit den neuen Malern, Lyrikern, Romanschriftstellern, Leuten vom Film und Theater, später dann mit Leuten vom Fernsehen, die alle der Opposition gegen Franco den Anstoß gaben, und natürlich auch mit einer großen Schar von Anfängern in all jenen Künsten. Die Zahl der Künstler, die in den letzten vierzig Jahren das Gijón als eine „Erweiterung des eigenen Hauses" betrachtet haben, ist so groß, daß sie sich praktisch mit der Zahl aller Künstler deckt, die in dieser Zeit in Madrid gelebt haben oder vorübergehend dort waren. Wenn jemand, der sich für Kultur interessiert, in die Hauptstadt kommt, dann geht er selbstverständlich erst einmal ins Gijón, und dort lernt er an einem Nachmittag oder Abend die eine oder andere Berühmtheit kennen und ein Dutzend, die es werden wollen. Neu ist, daß man heute hier und in anderen Cafés nicht nur die Männer, sondern auch Frauen trifft.

Das zweite berühmte Madrider Café ist das Comercial am Bilbao-Platz, das 1911 gegründet wurde und seitdem immer derselben Familie gehört hat, deren heutige Nachkommen im Stockwerk über dem Café leben. Wie bei allen anderen Cafés dieses Stils ist das Publikum vormittags, mittags, nach dem Essen, am Nachmittag und am Abend ganz verschieden. Vor sechs Uhr abends überwiegen die Damen und Herren der untätigen Klassen, während danach das Publikum hauptsächlich aus jüngeren Leuten besteht, vor allem angehenden oder schon erfolgreichen Künstlern, sowie den Gästen der Stunde des Aperitifs, den Büroangestellten der Gegend. Vor und nach dem Bürgerkrieg hatten hier ihren Stammtisch der Musiker und Komponist Sorozabal, der in Leipzig und Berlin studiert hatte, oder der Dramatiker Jardiel Poncel und nach dem Krieg der Romanschriftsteller Ignacio Aldecoa, der Dramaturg Alfonso Paso, der Humorist Mingote oder der Drehbuchautor Rafael Azcona.

Älter als die genannten ist das Café de la Opera an den berühmten Ramblas in Barcelona, im Jugendstil erbaut, mit der Besonderheit, daß Tische und Stühle draußen und auf dem Gehweg in der Mitte der Promenade stehen. Wie sein Name schon sagt, in der Nähe der Oper – dem Gran Teatro del Liceo – gelegen, fanden sich dort früher jene Herren ein, die nach der „Aida" oder dem „Ring" (man darf nicht vergessen, daß Barcelona, nach Bayreuth, die wagnerbegeistertste Stadt der Welt ist) noch ein Gläschen zu sich nehmen wollten. Doch mit der Zeit haben sich andere Cafés und Bars dieser festlich gekleideten Kundschaft angenommen, während das Operncafé eine Art Refugium jenes bunten Publikums wurde, das Tag und Nacht die Ramblas bevölkert, einschließlich der Prostituierten, die früh am Morgen, in den Korbstühlen sitzend, auf die Kunden warten, die ein morgendliches Schäferstündchen schätzen, um so eine Sorge weniger zu haben. In den sechziger Jahren begann das Café dann bei jungen Malern, Dichtern, Filmregisseuren und Schauspielern beliebt zu werden, so daß es, zwischen 1967 und 1977, fast unmöglich war, dort nicht einige von ihnen, Männer oder Frauen, zu treffen. Gleichzeitig wurde das Innere des Cafés zunächst der Treffpunkt der Hippies, dann der lateinamerikanischen und afrikanischen Emigranten, und heute ist es Tummelplatz jener seltsamen Spezies von Ausgeflippten, die auf die ganze Politik und Kultur verzichten, um nach ihrem Geschmack zu leben.

Die heutige Jugend Barcelonas läßt ihr Geld in dem hübschen Café Zurich, das an der zentralen Plaza de Catalunya gelegen ist und von dem aus man wie von einem Balkon auf die Ramblas blickt. Das Zurich wurde 1920 eröffnet und trat an die Stelle eines überdachten Getränkeausschanks an der damals noch existierenden Bahnstation, betrieben von einem Katalanen, der in Zürich gearbeitet hatte. Seit jener Zeit wird es von der Familie Valldeperas geleitet. Vor dem Krieg schenkte man hier den Kaffee in einer besonderen Weise aus: Die Kellner gossen ihn aus großen, langschnäbeligen Kannen den Gästen, einem nach dem anderen, in ihre Tassen, einen Kaffee, der in einer jener, heute verschwundenen, wunderbaren Filtermaschinen gebraut worden war. Viele lokale Künstler haben Lobeshymnen auf dieses Café gesungen (das übrigens früh am Abend schließt), wie die Flamencotänzerin La Chunga, der Pianist Juli Pons, die Maler Molina, Becquer oder Ros i Güell, die Schriftsteller Francisco Candel und Tomás Salvador und der Bildhauer Cañas. Sogar Filme hat man in diesem Café gedreht, und vor vielen Jahren, als es einen Schachklub beherbergte, wurde dort das erste Schachturnier per Telefon, zwischen Barcelona und Südamerika, ausgetragen.

Zum Schluß sei in Barcelona das berühmte Café El Canaletas erwähnt, ebenfalls an den Ramblas gelegen, ein prachtvolles Lokal aus den zwanziger Jahren, das den Ruf hat, der erlesenste Treffpunkt zu sein für Leute, die sich in Barcelona sehen wollen, und das den Charme der alten Cafés mit dem neuen Stil der amerikanischen Bars verbindet.

Friedrich Torberg DAS UNVERWÜSTLICHE KAFFEEHAUS

Da ich hauptberuflich Romanschriftsteller und nebenberuflich Kaffeehausbesucher bin, vielleicht auch umgekehrt, fällt mir schon seit vielen Jahren eine merkwürdige Parallele zwischen den Faktoren „Roman" und „Kaffeehaus" auf: Beide werden ununterbrochen totgesagt und beide leben beharrlich weiter. Was die Kunstform des Romans betrifft, ist hier nicht der Ort, die Gründe für ihren wenn schon nicht ungetrübten, so doch ungeminderten Fortbestand zu untersuchen. In bezug auf die Existenzform des Kaffeehauses wäre jedoch zu fragen, warum sie sowohl getrübt wie gemindert erscheint.

Indem ich von „Existenzform" spreche, meine ich nicht nur die des Kaffeehauses selbst, sondern ich denke zugleich an eine Kategorie von Menschen, für die das Kaffeehaus tatsächlich eine Form der Existenz bedeutet hat, die im Kaffeehaus gelebt haben und ohne Kaffeehaus nicht hätten leben können. Oder zumindest haben sie geglaubt, daß sie das nicht könnten. Jetzt, wie sich zeigt, müssen sie. Denn es gibt sie zwar nach wie vor, diese Kategorie – auch ich gehöre ihr an –, aber das Kaffeehaus, das einst ihre Lebensform war, gibt es heute nicht mehr.

Damit kann, wie dem Kundigen spätestens an dieser Stelle klar geworden ist, nur das sogenannte „Literatencafé" gemeint sein. Diese spezifische Gattung Kaffeehaus, die mir als Angehörigem der spezifischen Gattung Schriftsteller natürlich besonders nahe steht, darf allerdings nicht mit dem Kaffeehaus schlechthin gleichgesetzt werden. Überhaupt ist es an der Zeit, genauere Unterscheidungen vorzunehmen, Begriffe zu präzisieren, Ordnung in die erstaunliche, für den Uneingeweihten wohl gar verwirrende Vielfalt zu bringen, die der Ausdruck „Kaffeehaus" umschließt.

Zunächst: Wir sprechen hier von jenem Kaffeehaus-Typ, der in Wien entstanden ist und im gesamten Gebiet der ehemaligen Habsburgermonarchie verbreitet war. Er hat mit dem, was in Frankreich „Café" und in Deutschland vorwiegend „Kaffee-Konditorei" heißt, so gut wie nichts zu tun (von ganz wenigen Ausnahmen wie etwa dem alten „Romanischen Café" in Berlin abgesehen). Hingegen ist die Verwandtschaft mit dem Wiener Kaffeehaus in den heutigen Ostblockstaaten deutlich merkbar, vor allem in der Tschechoslowakei und in Ungarn, aber auch in den vormals österreichischen Teilen Polens, Rumäniens und des nicht eigentlich zum Ostblock gehörigen Vielvölkerstaats Jugoslawien. (Das einst von Kaiser Francesco Guiseppe I. beherrschte Oberitalien bleibe hier außer Betracht, obwohl in Mailand und Triest und Venedig noch heute zum Kaffee das obligate Glas Wasser auf den Tisch kommt.)

Geriete ich in die Zwangslage, die vom altösterreichischen Stil geprägten Kaffeehäuser auf einen Nenner zu bringen, ein unverkennbares Merkmal anzugeben, das ihnen allen, wo immer sie sich befinden mögen, nach wie vor gemeinsam und nirgends sonst anzutreffen ist – ich würde sagen: die Zeitungen. Die in hölzerne Rahmen eingespannten und jedem Besucher frei zugänglichen Zeitungen. Wie man weiß (und wie ich in meinen beiden „Tante-Jolesch"-Büchern ausführlich dargelegt habe), ist der Zerfall der schwarzgelben Kulturlandschaft nicht mit dem von einer oberflächlichen

Geschichtsschreibung angenommenen Jahr 1918, nicht mit dem politischen Ende der Habsburgermonarchie zu fixieren; er begann in Wahrheit erst 1938, als Hitler in Österreich einzog, und war mit dem Ausbruch des Zweiten Weltkriegs endgültig abgeschlossen. Bis 1938 lagen das „Prager Tagblatt" und die „Czernowitzer Morgenzeitung" mit der gleichen Selbstverständlichkeit in den Wiener und Budapester Kaffeehäusern auf wie das „Neue Wiener Journal" und der „Pester Lloyd" in den Kaffeehäusern von Agram und Krakau. Seit die damaligen „Nachfolgestaaten" zu Satelliten des Kreml geworden sind, hat sich das internationale Angebot empfindlich verringert. Dank Hitlers großdeutscher Obsorge erscheinen dort, erstens, keine deutschen Zeitungen mehr, und die in Deutschland, Österreich und der Schweiz erscheinenden dürfen dort, zweitens, nicht mehr gelesen werden, sie wären denn kommunistische Parteiorgane. Immerhin: Die hölzernen Rahmen sind noch in Gebrauch, die einheimischen und die offiziell zugelassenen ausländischen Blätter liefern Lesestoff und wahren auch unter traditionsfeindlichen Lebensbedingungen ein traditionelles Merkmal des altösterreichischen Kaffeehauses.

Es ist, fürchte ich, das einzige, das sich auch an der Wiege des Kaffeehauses, in Wien, erhalten hat, hier allerdings in vollem Umfang und von keinen parteiamtlichen Vorschriften beengt. In Wien (wie in allen größeren Städten Österreichs) erwirbt der Kaffeehausgast noch immer das Recht auf Lektüre der in- und ausländischen Zeitungen und braucht nichts weiter zu konsumieren als einen Kaffee, zu dem ihm in regelmäßigen Abständen, denn die Lektüre nimmt oft mehrere Stunden in Anspruch, ein Tablett mit Gläsern voll frischen Wassers nachserviert wird.

Aber mit der Bestellung des Kaffees sind wir auch schon bei einem weiteren Abstrich vom einstigen Kaffeehaus-Charakter angelangt.

Wer früher einmal in einem Wiener Kaffeehaus auf die Frage des Kellners: „Was wird angenehm sein?" mit den Worten: „Ich möchte einen Kaffee!" geantwortet hätte, wäre ähnlichem Befremden ausgesetzt gewesen wie einer, der in einem Büro der Cunard Line den Wunsch äußern würde: „Ich möchte ein Schiff!" Da empfehlen sich denn doch etwas detailliertere Angaben. Sie sind – oder waren –, was den Kaffee betrifft, sowohl nach Größe wie nach Machart zu ordnen. Man unterschied drei Größen der Schale, in Deutschland „Tasse" geheißen (was dem Österreicher als Untertasse gilt): die rundlich gebauchte Teeschale, die eher zylindrische Piccoloschale und als kleinste die sinnigerweise so bezeichnete Nußschale. Der Besteller einer „Teeschale Braun" wollte also keineswegs eine Schale Tee haben, dessen Bräune ja nicht eigens vermerkt werden müßte, sondern einen dunkel getönten Kaffee in der größten der drei verfügbaren Schalen, indessen mit der „Nußschale Gold" die hellste Farbtönung im kleinsten Format gemeint war. Da der Kellner diese Bestellung gewöhnlich in der verkürzten Form „eine Nußgold" an die Küche weitergab, sah sich mancher Laie zu der irrigen Annahme verleitet, daß „Nußgold" die Farbe des Kaffees bedeute, und wenn der Laie, was Laien gerne tun, sich fachmännisch gebärden wollte, bestellte er, auf jenem Irrtum fußend, statt einer Nußschale Gold „eine Schale Nußgold", womit

er dem wahren Fachmann, nämlich dem Kellner, ein mitleidiges Lächeln entlockte, denn ebensogut hätte er „eine Schale Teebraun" bestellen können.
Seit Abschaffung der Piccolo- und Nußschalen haben sich die Formatbezeichnungen zu „groß" oder „klein" vereinfacht. Abgeschafft ist ferner der einstmals im Sommer populär gewesene „Mazagran", ein kalter, mit Rum versetzter, in eiswürfelhaltigem Glas servierter Mokka, und abgeschafft sind die vielen Farbtönungen, die früher mit „mehr licht" oder „mehr dunkel" angedeutet wurden. Der Kellner Hermann im Café Herrenhof, dem letzten Hochsitz der Wiener Literatur, hatte den Ehrgeiz, jeden Nuancierungswunsch seiner Stammgäste aufs genaueste zu erfüllen, und trug zu diesem Zweck eine Lackierer-Farbskala bei sich, die 20 numerierte Schattierungen von Braun aufwies, so daß Bestellungen und Beschwerden nur noch unter Angabe der Nummer erfolgten: „Bitte einen großen Vierzehner mit Schlag!" oder: „Hermann, was soll das? Ich habe einen Achter bestellt, und Sie bringen mir einen Zwölfer!"
Von dieser ganzen Pracht und Vielfalt ist neben dem „Braunen" lediglich die „Melange" (mehr licht), der „Kapuziner" (mehr dunkel) und in manchen Lokalen der extrastarke, in kleiner Kupferkanne gebraute „Türkische" übriggeblieben. Die schwarze Ur- und Grundform des Kaffees heißt zwar immer noch Mokka, ist aber kein eigentlicher Mokka mehr und längst durch den Espresso verdrängt, der auch dem übrigen noch verbliebenen Angebot als Basis dient.
Die Tätigkeit des Verdrängens wird nicht nur durch das Espresso genannte Getränk ausgeübt, welches von eigens dafür konstruierten, knallmodernen, chromblitzenden Maschinen vermittels Hebeldrucks in Sekundenschnelle hergestellt wird. „Espresso" heißt vielmehr auch der neue Typ von Lokalen, in denen sich diese Tätigkeit vollzieht und die ihrerseits den alten Typ des Kaffeehauses zu verdrängen bemüht sind. Das gelingt ihnen jedoch ebensowenig, wie es viele Jahre zuvor, ungefähr um 1930, dem damals neu entstandenen Typ des „Café-Restaurants" gelungen ist, das den ersten radikalen Einbruch in die herkömmliche Gattungsform darstellte. Bis dahin bekam man im Kaffeehaus – außer den zahlreichen, seither gleichfalls arg reduzierten Gebäcksorten – nichts „Richtiges" zu essen, sondern höchstens ein belegtes Brot und, wenn es unbedingt etwas Warmes sein mußte, ein Paar Würstel oder eine Eierspeise. Das Malheur begann mit den umfangreichen Speisekarten, die denen der regulären Restaurants kaum nachstanden. Sei's drum. Solange man im Café-Restaurant zwar essen kann, aber nicht muß, solange man durch Bestellung eines bloßen Kaffees das Recht auf ausführliche Zeitungslektüre erwirbt, ist gegen diese Abart des Kaffeehauses nichts einzuwenden.
Die bisher angeführten Einbußen haben, wie man resümieren darf, den Charakter des Kaffeehauses nicht fundamental verändert, haben sich nicht an seinen Kern herangefressen. Der wirkliche Verlust, der einschneidende Unterschied gegen früher liegt anderswo. Vor 1938 bestand die einmalige und unverwechselbare Qualität des Kaffeehauses – nicht nur des Literatencafés, wo sie lediglich am stärksten ausgeprägt war – in seiner Selbstverständlichkeit als Ort der physischen und gei-

stigen Begegnung, der Diskussion und Rivalität, des Einverständnisses und Widerstreits, der Meinungs- und Gruppenbildung. Das Kaffeehaus funktionierte als zuverlässiger, als der einzig zuverlässige Treffpunkt gleichgestimmter (nicht unbedingt gleichgesinnter) Menschen, und was das Entscheidende war: es funktionierte ohne Verabredung. Man ging ins Kaffeehaus, um dort zu sitzen, und man saß im Kaffeehaus, weil auch andere dort saßen und weil man wußte, daß sie dort sitzen würden, daß sie im Kaffeehaus ungleich sicherer anzutreffen waren als in ihrer Wohnung. (Kürschners Literatur-Kalender verzeichnete jahrelang als Peter Altenbergs Adresse: „Café Central, Wien I., Herrengasse".) In ihrer Wohnung schliefen sie nur. Ihr Zuhause war das Kaffeehaus.

Warum ist es das nicht mehr? Auch für jene nicht, die konstitutionell dazu geeignet wären? Liegt es an ihnen? Liegt es am Kaffeehaus? Es liegt – nun einmal abgesehen vom Verschwinden des einstmals zum großen Teil jüdischen Stammpublikums – an den gesellschaftlichen Umschichtungen, die mittlerweile stattgefunden haben, an der Kommerzialisierung unseres Daseins, an den Eingriffen der Technik. Es liegt an dem, daß sie alle, die potentiellen Stammgäste von heute, die Schriftsteller und Journalisten, die Schauspieler und Maler, die Ärzte und Architekten, die Rechtsanwälte und Politiker – daß sie alle keine Zeit mehr haben. Und Zeithaben ist die grundlegende Voraussetzung jeglicher Kaffeehauskultur (ja am Ende wohl jeglicher Kultur).

Das heißt nun keineswegs, daß sie nicht mehr ins Kaffeehaus gehen. Wäre dem so, dann gäbe es ja wirklich keine Kaffeehäuser mehr. Es gibt sie aber nach wie vor. Das große „Kaffeehaussterben", jahrelang beklagt und von der Wiener Kaffeesieder-Innung mit apokalyptischen Zukunftsvisionen begleitet, hat aufgehört. Selbst in der City, in der es geradezu seuchenartig um sich griff, sind in der letzten Zeit neue, echte, traditionsbewußte Kaffeehäuser entstanden, und jenseits des Rings, in den Vorstädten, war das Kaffeehaus ohnehin nie gefährdet, lebt es weiter wie eh und je, mit unverrückbaren Stammtischen und unerschütterlichen Stammgästen, die jahrelang vom selben Ober betreut werden, mit Tarock- und Schach- und Billardpartien, mit Abgeschiedenheit oder Gesprächen, mit Stille oder Geselligkeit, ganz nach Wunsch. Die „Espresso"-Lokale haben das aggressive, auf Eile und mangelnde Gemütlichkeit abgestellte Kontrastprogramm ihrer Anfangszeit längst hinter sich gelassen und versorgen ihre Gäste – die nicht mehr auf unbequemen Hockern, sondern an einwandfreien Tischen Platz nehmen – bereits mit einer (vorläufig noch bescheidenen) Auswahl von Zeitungen. Und in manchen Kaffeehäusern, im Landtmann zum Beispiel oder im schon berühmt gewordenen Hawelka, kann man zu bestimmten Stunden den und jenen Schriftsteller oder Maler antreffen, den und jenen Schauspieler oder Rechtsanwalt oder Politiker. Schlimmstenfalls – wenn man ihn mehrmals nicht angetroffen hat – vereinbart man eben ein Rendezvous mit ihm.

Und zwar im Kaffeehaus.

ITALIEN

VENEDIG

Grand Café

Café Florian

Café Florian

Café Florian

Café Florian

Café Quadri

TRIEST

Café Tommaseo

Café Tommaseo

Café Tommaseo

Café Tommaseo

Café San Marco

Café San Marco

Café San Marco

Café San Marco

ROM

Café Greco

Café Greco

Café Greco

PORTUGAL

LISSABON

A Brasileira

A Brasileira

A Brasileira

Nicola

Nicola

SPANIEN

Café de Gijón

Café Comercial

Café Comercial

Café Comercial

BARCELONA

Café Zurich

Café Zurich

El Canaletas

El Canaletas

Café de la Opera

Café de la Opera

Café de la Opera

FRANKREICH

PARIS

Café de Flore

Café de Flore

Café de la Paix

Café de la Paix

Café de la Paix

Café le Carrefour

Café le Carrefour

Pre Catelan

Grand Cascade

Café le Dôme

La Palette

Café Aux Deux Magots

Café Aux Deux Magots

Café Aux Deux Magots

NANCY

Grand Café Excelsior

Grand Café Excelsior

Grand Café Excelsior

NIEDERLANDE

AMSTERDAM

Café Americain

Café Americain

Café Americain

DEUTSCHLAND

HAMBURG

Café Hennigsmeier

Café Hennigsmeier

MÜNCHEN

Hofgarten-Café Annast

Café Venezia (im Mövenpick)

Café Reitschule

Café HAG

STUTTGART

Café Schapmann

Café Schapmann

BERLIN

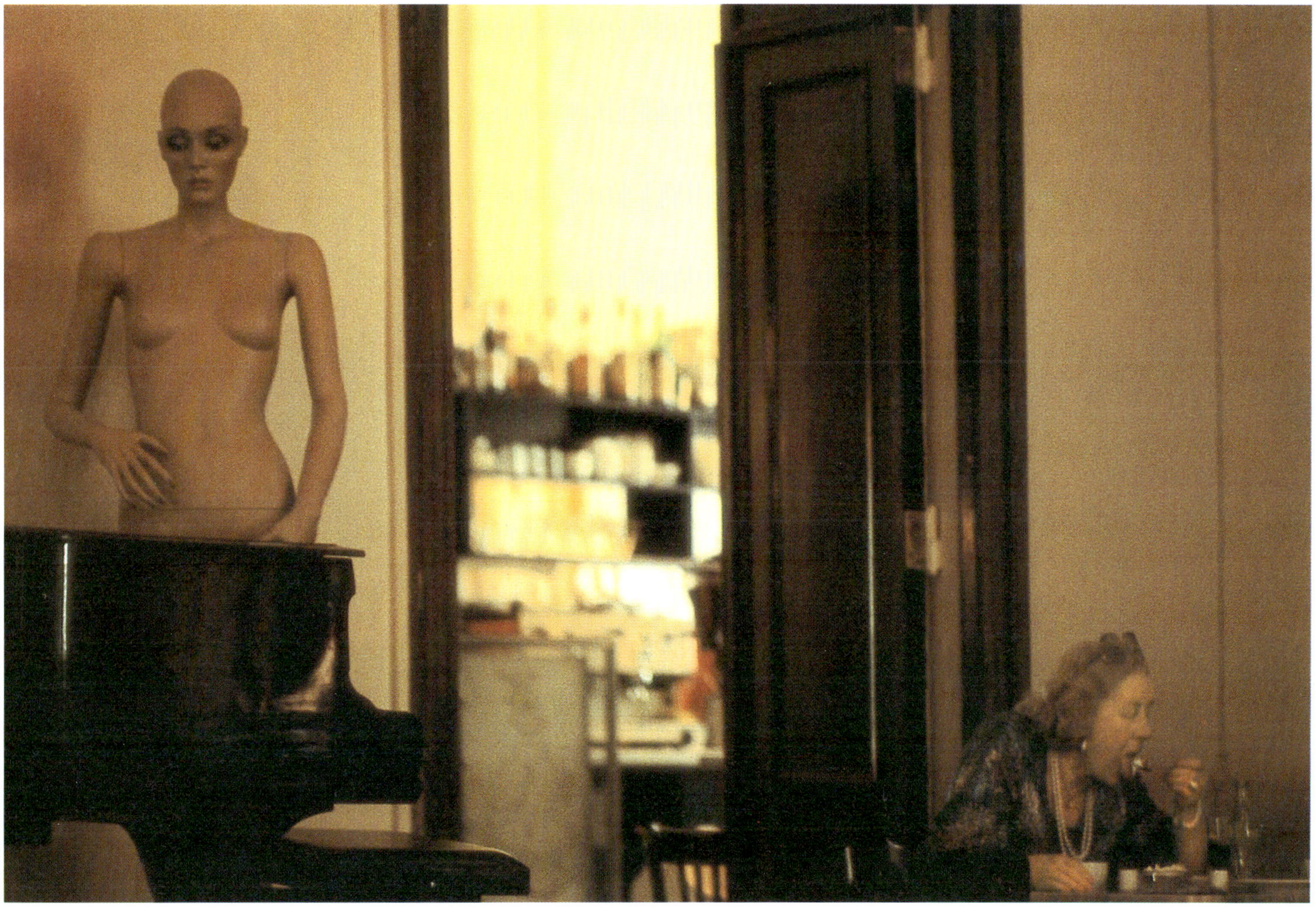

Café Einstein

Café Einstein

Das Caféhaus (vormals Café Schilling)

Das Caféhaus (vormals Café Schilling)

BREMEN

Café Tölke

DÜSSELDORF

Café N.T.

GÖTTINGEN

Cron & Lanz

POLEN

KRAKAU

Noworol

Noworol

Noworol

Jama Michalika

Jama Michalika

UNGARN

BUDAPEST

Hungária

Hungária

Hungária

Hungária

Vörösmarty

Vörösmarty

Vörösmarty

TSCHECHOSLOWAKEI

PRAG

Obecní dům

Obecní dům

Obecní dům

Slavia

Slavia

Slavia

KARLSBAD

Café Elefant

ÖSTERREICH

Café Sperl

Café Sperl

Café Sperl

Café Sperl

Café Sperl

Café Sperl

Café Hawelka

Café Hawelka

Café Hawelka

Café Museum

Café Museum

SALZBURG

Café Tomaselli

BILDKOMMENTARE

Die Nummern beziehen sich auf die entsprechenden Buchseiten.

Umschlagbild:
Café de Chartres, jetzt Restaurant Grand Véfour, Paris 1, 17 rue de Beaujolais. Gegründet 1760 in den Gärten des Palais Royal und benannt nach ihrem Besitzer, dem Herzog von Chartres. Im napoleonischen Kaiserreich wurde es von einem Jean Véfour übernommen und in ein Restaurant umgewandelt. Erhalten blieben die Wanddekorationen der Innenräume und an der Fassade der alte Name Café de Chartres.

21 Grand Café, Venedig, Piazzetta. Das Grand Café ist ein Teil des großen Cafés Markusplatz, vor der alten Bibliothek (Libreria vecchia) gelegen, einer zweigeschossigen Pfeilerhalle mit statuengeschmückter Balustrade aus dem Jahre 1536. Es vertritt den Typus des mediterranen Cafés, das sich ganz zur Straße und zum Platz hin öffnet.

22 Café Florian, Venedig, Piazza San Marco. Gegründet
23 1720 und nach seinem ersten Besitzer benannt, gehört
24 das Florian zu den berühmtesten Cafés Europas. Sei-
25 ne heutige Einrichtung stammt aus dem 19. Jahrhundert. In seiner Blütezeit war es das Café der eleganten venezianischen und internationalen Gesellschaft und zu seinen Besuchern zählten von Goldoni, Casanova, Rousseau, Lord Byron, Goethe, Alfred de Musset und George Sand bis in die Gegenwart zahllose berühmte Literaten und Künstler.

26 Café Quadri, Venedig, Piazza San Marco. Gegründet 1725 und neben dem Florian das zweite elegante Café am Markusplatz.

27 Café Tommaseo, Triest, Riva 8 Novembre 5. Gegründet
28 um 1830, unter dem Namen Nuovo Tommaso, nach sei-
29 nem ersten Besitzer Tommaso Marcato aus Padua.
30 Durch eine geringfügige Abänderung des alten Namens wurde es nach 1848 nach dem italienischen Patrioten und Schriftsteller Tommaseo benannt. Vorbild für das Café waren die Kaffeehäuser der Donaumonarchie, zu der Triest bis 1918 gehörte.

31 Café San Marco, Triest, Via Cesare Battisti 18. Gegründet
32 1914 ist das Café San Marco eines der letzten Beispiele
33 des Kaffeehaustyps der Donaumonarchie, mit Marmor-
34 tischen, Bugholzstühlen und Billardtischen. Zu Beginn des Ersten Weltkriegs war hier ein Treffpunkt der italienischen Nationalisten, die für ein italienisches Triest eintraten. Es wurde deshalb von der österreichischen Verwaltung geschlossen und erst nach Kriegsende wiedereröffnet. Inzwischen hat sich das Café zu einer Erinnerungsstätte an die Lebensform der k. u. k. Monarchie gewandelt.

35 Café Greco, Rom, Via Condotti 86. Gegründet vor 1750,
36 dokumentarisch zuerst 1760 erwähnt. Seinen Namen
37 erhielt es nach seinem ersten Besitzer Nicola della Maddalena, einem Griechen. Berühmt wurde es als Treffpunkt von Malern, Musikern, Schriftstellern, vor allem von deutschen Künstlern, die um 1800 in Rom ihre zweite Heimat fanden. Hier verkehrten Goethe, Peter Cornelius, Schopenhauer, Mendelssohn, Liszt und Wagner, Stendhal, Thackeray, Gogol, Mark Twain, Bizet, Gounod, d'Annunzio, Arturo Toscanini und in den fünfziger Jahren Hermann Kesten, als einer der letzten Vertreter des klassischen Typus des ‚Dichters im Café'. Sein heutiges Aussehen erhielt das Greco um 1860. Seit 1953 ist es nationales Monument.

39 Café A Brasileira, Lissabon, Rua Garrett 120/122. Ge-
40 gründet 1904, heute portugiesisches Nationaldenkmal
41 der Architektur der Jahrhundertwende, Treffpunkt der portugiesischen Schriftsteller. Bis zu seinem Tode war es das Stammcafé des Dichters Fernando Pessoa.

42 Café Nicola, Lissabon, Praca D. Pedro IV. 24/25. Ge-
43 gründet 1929. Erbaut von dem Architekten Norte Junior, ist das Nicola ein spätes Beispiel des europäischen Jugendstils.

45 Café de Gijón, Madrid, Paseo de Recoletos. Gegründet 1916, ist das Gijón das bekannteste der Madrider Cafés. In den dreißiger Jahren, als während des Bürgerkrieges die meisten Cafés dahinsiechten, wurde es zum Treffpunkt der Literaten und Künstler, zunächst von Franco-Anhängern, dann der intellektuellen Opposition.

46 Café Comercial, Madrid 10, Glorieta de Bilbao 7. Ge-
47 gründet 1911, Treffpunkt von bürgerlichen Müßig-

48 gängern und von Künstlern, Musikern und Literaten. Einer seiner Stammgäste war der Dichter Antonio Machado. Seit seiner Gründung gehört das Comercial, ein klassisches Stadtcafé, derselben Familie.

49 Café Zurich, Barcelona, Plaza de Catalunya. Gegrün-
50 det 1920, ein Tagescafé, das von älteren Herren und von der Jugend Barcelonas besucht wird.

51 Café El Canaletas, Barcelona, Ramblas. Gegründet in
52 den zwanziger Jahren, eine Verbindung von alter Cafétradition und der modernen Form der Cafébar.

53 Café de la Opera, Barcelona, Ramblas. Gegründet um
54 die Jahrhundertwende und im Jugendstil erbaut. Frü-
55 her war das in der Nähe des Gran Teatro del Liceo gelegene Café Treffpunkt des eleganten Opernpublikums, heute verkehren hier in erster Linie Jugendliche, südamerikanische Emigranten und Künstler.

57 Café de Flore, Paris 6, 172 Boulevard St. Germain-des-
58 Prés. Gegründet 1865, eingerichtet im Stil des Second Empire. Wie das benachbarte Café Aux Deux Magots ist es das traditionelle Café der Intellektuellen und Künstler, von Huysmans, Maurras, Barrès bis zu Sartre und Simone de Beauvoir.

59 Café de la Paix, Paris 9, 12 Boulevard des Capucines.
60 Gegründet 1872, zugleich mit dem Neubau der Pariser
61 Oper und im gleichen Stil errichtet, nach Entwürfen des Architekten Armand. Das Café de la Paix wurde in die Liste der Historischen Monumente Frankreichs aufgenommen. Mit seinen Marmorsäulen, den zeitgenössischen Wand- und Deckendekorationen, seiner Fassade und dem antiken Mobiliar ist es seit seiner Renovierung ein Denkmal der prunkvollen Ausstattungskunst des Zweiten Kaiserreiches. Fürsten und Könige, Dichter und Filmstars, ‚Halbwelt' und ‚große Welt' gehörten zu seinem Publikum.

62 Café Le Carrefour, Paris 11, 116 Avenue Ledru-Rollin.
63 Gegründet 1902 und von dem Architekten Julien Galopin erbaut, ist Le Carrefour eine klassische Pariser Café-Bar in reiner Art Nouveau-Dekoration der Jahrhundertwende.

64 Pré Catelan, Paris 16, Bois de Boulogne. In seiner heutigen Gestalt wurde der Pavillon 1905 von Nestor Roqueplan errichtet.

65 Grand Cascade, Paris 16, Bois de Boulogne. An der Stelle eines Pavillons des 16. Jahrhunderts wurde der heutige Pavillon auf Veranlassung Napoleons III. von Baron Haussmann, dem Erneuerer des Pariser Stadtbildes in der Mitte des 19. Jahrhunderts, als eine elegante Eisen-Glas-Konstruktion neu erbaut. Im Grand Cascade trifft sich gerne die Pariser Prominenz.

66 Café le Dôme, Paris 14, 108 Boulevard du Montparnasse. Gegründet 1920, berühmt geworden als Malercafé, in dem Soutine, Picasso, Dali und viele andere verkehrten.

67 La Palette, Paris 6, 43 Rue de Seine. Gegründet in den zwanziger Jahren, ist das Café La Palette mit seinen großen Wandkachelbildern mit Szenen des Caféhauslebens ein Dokument der Atmosphäre jener Jahre.

68 Café Aux Deux Magots, Paris 6, 170 Boulevard St.
69 Germain-des-Prés. Gegründet 1875, das berühmteste
70 Pariser Literatencafé. Seinen Namen hat es von einem Geschäft erhalten, das an dieser Stelle seit 1812 Ostasiatica verkaufte und dessen Firmenzeichen zwei chinesische groteske Porzellanfiguren ('magots') waren. Hier verkehren seit Generationen Intellektuelle, Künstler und Schriftsteller – von Verlaine, Rimbaud, Mallarmé über Breton, Artaud, Giraudoux, Prévert, Sartre und Simone de Beauvoir bis zur Avantgarde der Nachkriegszeit, als hier das Zentrum der Existenzialisten war.

71 Grand Café Excelsior, Nancy, 50 Rue Henri-Poincaré.
72 Gegründet 1904, ein klassisches Stadtcafé, das beson-
73 ders von der intellektuellen Jugend bevorzugt wird. Die Ausstattung hat den für die Jahrhundertwende in Nancy charakteristischen Art Nouveau-Stil bis heute bewahrt.

75 Café Americain, Amsterdam, Leidsekade 97 (im Hotel
76 American). Gegründet um die Jahrhundertwende, wie
77 das Hotel, zu dem es gehört, von dem Architekten W. Kromhout im Jugendstil erbaut. Das Gebäude und die Einrichtung des Cafés stehen unter Denkmalschutz. Bleifenster, Skulpturen und Mobiliar sind noch in ihrem ursprünglichen Zustand, die Lampen und Wandbemalungen stammen aus den zwanziger Jahren.

79 Café Hennigsmeier, Hamburg-Altona, Große Brun-
80 nenstraße 60. Gegründet 1894, eine klassische Café-Konditorei in dem eigenständigen Stadtbezirk Altona.

81 Hofgarten-Café Annast, München 22, Odeonsplatz 18. Gegründet 1810, seit 1826 in dem neuerrichteten Bazargebäude, dessen Fassade von Leo von Klenze entworfen wurde. Seit 1920 heißt es Hofgarten-Café Annast nach dem Wirt Gustl Annast, der es damals übernahm. Vor einigen Jahren sollte das Café aufgegeben werden, wurde aber nach lebhaften Protesten der Münchner an der historischen Stelle neu eröffnet.

82 Café Venezia im Mövenpick, München, Lenbachplatz 8. Vor einigen Jahren wurde im ehemaligen Künstlerhaus am Lenbachplatz, dem auf Betreiben und zum Teil mit Mitteln Franz von Lenbachs errichteten einstigen Treffpunkt der Münchner Künstler, der Restaurationsbetrieb Mövenpick eröffnet. In einem Saal, der Ende des 19. Jahrhunderts nach Entwürfen Franz von Lenbachs im italienischen Stil ausgestattet worden ist und jetzt unter Denkmalschutz steht, wurde das Café Venezia als Teil des Mövenpick eingerichtet.

83 Café Reitschule, München 40, Königstraße 34. Das 1928 gegründete Café ist vor einigen Jahren umgestaltet worden, in Anlehnung an die Wiener Kaffeehaustradition mit Bugholzstühlen und Marmortischen aus dem ehemaligen Wiener Café Gröppl. Das Café ist räumlich mit der daneben gelegenen Reitschule verbunden.

84 Café HAG, München, Residenzstraße 26. Gegründet 1825, zunächst als königliche Hofkonditorei Rottenhöfer, seit 1924, als Peter Roselius das Palais erwarb, unter dem heutigen Namen.

85 Café Schapmann, Stuttgart, Königstraße 35. Gegründet
86 1925. Ausgestattet mit Stilmöbeln und Antiquitäten, ist das Café Schapmann eine gutbürgerliche ‚altdeutsche' Café-Konditorei, repräsentativ für die deutsche Cafétradition.

87 Café Einstein, Berlin, Kurfürstenstraße 58. Gegründet
88 1978 in einer großbürgerlichen Stadtvilla, der ehemaligen Villa von Henny Porten, im Berliner Westen, orientiert sich das Einstein an der Tradition der Wiener Literaten-Kaffeehäuser. Zugleich werden dort an einigen Abenden der Woche internationale Musikprogramme vorgestellt.

89 Das Caféhaus (vormals Café Schilling), Berlin, Kur-
90 fürstendamm 234. Gegründet 1902 und 1977 nach einer Renovierung wiedereröffnet, ist Das Caféhaus die älteste erhaltene Café-Konditorei aus der großen Zeit des Kurfürstendamm. Zur Eröffnung 1902 hieß es: „Der Wunsch, die Räume in einem Stil auszubilden, welcher der Mode von heute und morgen nicht unterworfen ist, führten zu einer Gestaltung, die auf bester klassischer Grundlage beruht."

91 Café Tölke, Bremen, Schnoor 23 A, Am Landherrnamt 1. In einem Haus der Jahrhundertwende im Jahre 1975 gegründet und im Wiener Stil ausgestattet, ist das Café Tölke Treffpunkt der Jugend und ebenso der traditionsbewußten Bremer Bürger im historischen Zentrum Bremens.

92 Café N. T., Düsseldorf, Königsallee 27. Gegründet 1972, ist das N. T. als Nachrichtencafé konzipiert, mit Telexsekretärin und anderen Informationsmöglichkeiten, Zeitungen und Zeitschriften. Die Entwürfe für die Ausstattung stammen von Frangio Pooth.

93 Cron & Lanz, Göttingen, Weenderstr. 25. Gegründet 1876, das traditionelle Stadtcafé der Universitätsstadt. Einer seiner Stammgäste war der Schriftsteller Peter Bamm.

95 Café Noworol, Krakau, Rynek Glówny. Gegründet 1879
96 in den Tuchhallen auf dem Hauptmarkt, zunächst als
97 Konditorei. Seinen heutigen Namen hat es von seinem

zweiten Besitzer Noworolski erhalten. Die Innenausstattung aus der Zeit des ‚Jungen Polen', um die Jahrhundertwende, ist teilweise noch erhalten. Es war das Café der Künstler und Schriftsteller, zu seinen Stammgästen gehörten Jan Matejko und Stanislaw Wyspianski.

98 Café Jama Michalika, Krakau, ul. Floriańska 45. Eine
99 Gründung des 19. Jahrhunderts, wurde das Café 1905
neu dekoriert und 1911 von seinem Besitzer Jan Michalik erweitert. Die gesamte Innenausstattung der neuen Räume, Malereien und Möbel wurden von Krakauer Künstlern im reinen Jugendstil ausgeführt und sind bis heute erhalten geblieben. Hier versammelte sich die Krakauer Moderne, und auch heute treffen sich hier vorwiegend junge Leute und Künstler. 1905 bis 1912 trat hier das künstlerisch-politische Kabarett „der grüne Ballon" auf, eine Tradition, an die man neuerdings wieder anzuknüpfen versucht.

101 Café Hungária, Budapest, Lenin krt. 9-11. Gegründet
102 1894 als ‚New York' in einem pompösen Neubau,
103 wurde es nach dem Zweiten Weltkrieg umbenannt. Es
104 ist zugleich ein Restaurant. Der alte Name des Stamm-
cafés zahlreicher ungarischer Schriftsteller, wie Franz Molnár und Tibor Dery, und vieler internationaler Künstler ist bis heute lebendig geblieben.

105 Café Vörösmarty, Budapest V., Vörösmarty tér 7. Ge-
106 gründet 1858 von dem Konditormeister Henrik Kugler
107 und 1884 von Emile Gerbeaud aus Genf übernommen,
der es unter seinem Namen zu einer berühmten Konditorei machte. Seit dem Zweiten Weltkrieg trägt es seinen heutigen Namen – für die alten Budapester ist das Café mit seiner noch aus dem 19. Jahrhundert stammenden Ausstattung das ‚Gerbeaud' geblieben.

109 Obecní dům, Prag 1, nám Republiky 1090. Gegründet
110 1911 in dem neu errichteten Prager Repräsentations-
111 und Konzerthaus. Das Gebäude mit Café und Restau-
rant ist in der Architektur und Innenausstattung ein Denkmal reinen Prager Jugendstils.

112 Café Slavia, Prag 1, Národní 1/1012. Gegründet nach
113 dem Ersten Weltkrieg, gegenüber dem Nationalthea-
114 ter am Ufer der Moldau. Es ist der Treffpunkt der
Künstler und Schriftsteller, der Studenten und der guten Gesellschaft Prags.

115 Café Elefant, Karlsbad, třida Dukelských hrdinů. Ge-
gründet in der zweiten Hälfte des 19. Jahrhunderts. Das am zentralen Boulevard (ehemals „Alte Wiese") des Kurbades gelegene Café überliefert dessen Stil und Tradition. In einem Führer von 1888 heißt es: „Hier fesselten weibliche Schönheit und Grazie eifrig charmierend und geschmackvoll geputzt die Blicke."

117 Café Sperl, Wien VI, Gumpendorferstr. 11. Gegründet
118 1880, hat das Café Sperl am getreuesten die Atmo-
119 sphäre eines Wiener Kaffeehauses im 19. Jahrhundert
120 bewahrt, mit Billard- und Spieltischen. Es war vor allem
121 Treffpunkt von Künstlern, die sich hier am Nachmittag
122 zum Tarockspiel trafen und auf den Marmortischen
und auf losen Papierblättern Karikaturen zeichneten.

123 Café Hawelka, Wien 1, Dorotheergasse 6. Gegründet
124 1938 von Leopold Hawelka, in dessen Besitz es bis
125 heute ist, ist das Hawelka seit der ersten Nachkriegs-
zeit zum inzwischen traditionsreichen Künstler- und Literatenkaffeehaus geworden. Ernst Fuchs und Hans Weigel, Friedrich Torberg und Ingeborg Bachmann haben es zum Nachfolger der legendären Wiener Literatencafés gemacht. Seine Einrichtung ist seit der Gründung unverändert geblieben.

126 Café Museum, Wien 1, Friedrichstr. 6. Gegründet 1899
127 und von Adolf Loos in bewußtem Gegensatz zum
Prunk der Gründerzeit entworfen und gestaltet. Der ursprüngliche Zustand ist nur zum Teil erhalten geblieben. Vor dem Ersten Weltkrieg war das Café Museum der Treffpunkt der Wiener Avantgarde, später verkehrten hier auch Journalisten und Schriftsteller. Friedrich Torberg wurde einer seiner Stammgäste.

128 Tomaselli (Kiosk), Salzburg, An der Residenz. Erbaut
1859/60 nahe dem Festspielhaus. Der Kiosk gehört zum Café Tomaselli, das seit 1764 am Alten Markt 9 besteht und schon von seinem ersten Besitzer Anton Staiger zum Salzburger Nobelcafé gemacht wurde.

JOSÉ MARIA CARANDELL

geboren 1934 in Barcelona. Studium der Philosophie in Barcelona, Madrid, Hamburg und München, sowie Soziologie in Madrid und Tokio. Lebt als Literaturkritiker und freier Schriftsteller in Barcelona. Verfasser von Essays über deutsche Literatur (Peter Weiss, Hermann Hesse), über Probleme der Jugend, über Barcelona. Er hat einen Gedichtband (Vispera de San Juan) und drei Theaterstücke veröffentlicht.

ELENA CROCE

geboren 1915 in Neapel, Tochter von Benedetto Croce. Nach der Promotion in Rechtsgeschichte hat sie als Journalistin gearbeitet, zwei Kulturzeitschriften herausgegeben und sich eingehend mit deutscher Literatur befaßt, die sie in zahlreichen Editionen (Literatur des 17. Jhdts., Romantik), Übersetzungen (u. a. Jean Paul und Hölderlin), Vorträgen und Aufsätzen vorgestellt hat. Verfasserin von Biographien, historischen, soziologischen und literaturkritischen Studien (La Patria Napoletana, 1974; Snobismo Liberale, 1964; Periplo italiano, 1977), sowie einer Autobiographie (Infanzia dorata, 2. Aufl. 1979) und eines Bandes mit Erzählungen (In visita, 1972).
Elena Croce hat den Anstoß zur Gründung des ersten italienischen Vereins für Denkmal- und Umweltschutz gegeben, ist Mitglied der Akademie „Arcadia" und korrespondierendes Mitglied der Mainzer und der Darmstädter Akademie.

MANÈS SPERBER

geboren 1905 in Zablotow, Ostgalizien. Jugend in Wien, wo er Schüler und Mitarbeiter Alfred Adlers wird, über den er 1926 sein erstes Buch schreibt. 1927 bis 1933 Lehrer für Individualpsychologie in Berlin. Emigration über Jugoslawien nach Paris, wo er seit 1934 lebt.
Neben Essaybänden (Zur Analyse der Tyrannis, 1938/1975; Die Achillesferse, 1957; Zur täglichen Weltgeschichte, 1967; Leben in dieser Zeit. Sieben Fragen zur Gewalt, 1972) sind zwischen 1949 und 1953 drei Romane erschienen, 1961 zusammengefaßt zu der Trilogie „Wie eine Träne im Ozean", deren Fernsehfassung in mehreren europäischen Ländern gezeigt worden ist. Von seiner dreibändigen Autobiographie erschien zuletzt „Bis man mir Scherben auf die Augen legt", 1977. Manès Sperber hat viele internationale Auszeichnungen erhalten, in Deutschland u. a. den ‚Georg-Büchner-Preis' (1975) und in Österreich (1977) den ‚Großen österreichischen Staatspreis für Literatur'.

FRIEDRICH TORBERG

geboren 1908 in Wien. Schul- und Studienzeit in Wien und Prag. Erste Veröffentlichungen in Zeitungen und Zeitschriften 1926, ein Gedichtband 1929 und ein erster Roman 1930 „Der Schüler Gerber hat absolviert". 1938 Emigration in die Schweiz. 1939 freiwillige Meldung zum Kriegsdienst in Frankreich, 1940 Flucht über Spanien nach Portugal. 1941-1950 in Los Angeles und New York. 1951 Rückkehr nach Wien, wo er von 1954 bis 1965 die kulturpolitische Monatszeitschrift „Forum" herausgibt. Lebt seither als freier Schriftsteller in Breitenfurth bei Wien und in Alt-Aussee. Von seinen „Gesammelten Werken" sind bisher zehn Bände erschienen (Hier bin ich, mein Vater; Die zweite Begegnung; Süßkind von Trimberg u. a.), Erzählungen, Anekdoten (Die Tante Jolesch), Theaterkritiken, Pamphlete und Parodien. Friedrich Torberg ist Professor h.c., Mitglied des österreichischen PEN-Clubs und korrespondierendes Mitglied der Deutschen Akademie für Sprache und Dichtung, Darmstadt.

JÜRGEN BOETTCHER

geboren 1938 in Berlin. Arbeitet als Autor, Regisseur und Produzent für das Fernsehen (Themen zur kulturellen Zeitgeschichte, Künstler- und Schriftstellerportraits und Dokumentationen über die Zusammenhänge kultureller und gesellschaftlicher Entwicklungen). Filme aus den letzten Jahren (Hoffen auf Spanien – Schriftsteller im spanischen Bürgerkrieg; Exil in Frankreich; Leben auf Inseln (Berlin, Venedig); Portraits: Joseph Beuys; Stefan Heym, sowie 1978 zwei Dokumentationen (Kaffeehausgeschichten: Im k. u. k. Kaffeehaus und In Cafés des Westens). Jürgen Boettcher ist Herausgeber des Sammmelbandes der Erinnerungen vertriebener Wissenschaftler, Künstler, Schriftsteller und Publizisten (Um uns die Fremde – Die Vertreibung des Geistes 1933-1944).

MANFRED HAMM

geboren 1944 in Zwickau. Lebt als Fotograf in Berlin und arbeitet für deutsche und ausländische Zeitschriften und Kunstverlage. Ausstellungen u. a. in Brüssel, Lissabon, Madrid, Paris und in mehreren Städten der USA. 1977 erschien der Bildband „Berlin – Landschaften einer Stadt". Für seinen zweiten Bildband „Berlin – Denkmäler einer Industrielandschaft" (1978) erhielt er den ‚Kodak-Fotobuchpreis'. Außerdem wurde das Buch von der Stiftung Buchkunst, Frankfurt, im Wettbewerb ‚Die fünfzig Bücher 1978' prämiert.